# La sorprendente mascota del señor Pérez

**School Specialty**
**Publishing**

Biblioteca del Congreso. Catalogación de la información sobre la publicación en
poder del editor.

Para cualquier información dirigirse a:
8720 Orion Place
Columbus, OH 43240-2111

ISBN 0-7696-4061-3

4 5 6 7 8 9 10 EVN 10 09 08 07

# La sorprendente mascota del señor Pérez

de Hilary Robinson

ilustraciones de Tim Archbold

GINGHAM DOG
PRESS

Columbus, Ohio

Era el día de Trae tu
Mascota a la Escuela.
En la clase del señor Pérez
todos estaban contentos.

Los estudiantes se dieron cuenta de
que el maestro no tenía mascota.

—¿Dónde está su mascota, señor
Pérez? —preguntó Andrés.

—La dejé en casa —dijo el señor
Pérez—. ¡Es demasiado salvaje
para traerla a
la escuela!

—¿Es su mascota un toro? —
preguntó Andrés.

—¿Es un elefante? —preguntó Julia.

—No —dijo el señor Pérez—.
Mi mascota es un dinosaurio.

Los estudiantes pensaron que el señor Pérez estaba bromeando.

—¿Lo tiene desde hace mucho? — preguntó Andrés.

—No —dijo el señor Pérez—.
Lo atrapé el sábado.
Come árboles y toma agua de
la bañera.

—¿Dónde lo atrapó? —preguntó Julia.

—Lo atrapé en un parque de

dinosaurios —respondió el señor Pérez.

—Usé una gran red.
Seguí las huellas del dinosaurio.

—¿Puede cualquiera cazar un dinosaurio? —preguntó Andrés.

—No —dijo el señor Pérez—.
Tienes que tener un permiso.
Después de que atrapas uno, consigues
una insignia como la mía.

—¿Cómo consiguió un permiso? — preguntó Andrés.

—Tienes que probar que eres un valiente cazador de dinosaurios — dijo el señor Pérez.

—Pero ¡usted no es valiente! — gritó la clase.

—¿Cómo saben que yo no soy valiente? —preguntó el señor Pérez.

—Porque le tiene miedo a los insectos —dijo Andrés, sosteniendo su caja—. De hecho, ¡apuesto a que le tiene miedo a...

...¡Max!

El señor Pérez saltó sobre la mesa.

Después de todo, no era tan valiente.

# Palabras por conquistar

insignia                    estudiantes

red                         salvaje

permiso

# ¡Piénsalo!

1. ¿Por qué el señor Pérez no llevó su mascota a la escuela?
2. ¿Cómo atrapó el señor Pérez a su dinosaurio mascota?
3. ¿Cómo consigue alguien un permiso para cazar en un parque de dinosaurios?
4. ¿Por qué los estudiantes no creyeron que el señor Pérez era un valiente cazador de dinosaurios?
5. ¿Crees que el señor Pérez atrapó realmente un dinosaurio? ¿Por qué?
6. ¿Qué parte del cuento te parece que podría ser real? ¿Qué parte es ficción?

# El cuento y tú

1. Si pudieras tener un dinosaurio como mascota, ¿querrías tener uno?
2. ¿Cómo te parece que cuidarías de un dinosaurio mascota?
3. Si pudieras tener la mascota que quisieras, ¿qué clase de animal elegirías?
4. Describe alguna vez en que hayas sido muy valiente.